RÉPONSE

AU

LIVRE DU R. P. CAUSSETTE

VICAIRE-GÉNÉRAL DU DIOCÈSE DE TOULOUSE

INTITULÉ

DIEU ET LES MALHEURS DE LA FRANCE

2 MARS 1871

TOULOUSE

IMPRIMERIE ADMINISTRATIVE ET COMMERCIALE LOUIS LUPIAC

43, RUE DES BALANCES, 43

—

1872

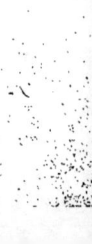

RÉPONSE

AU LIVRE DU R. P. CAUSSETTE

VICAIRE-GÉNÉRAL DU DIOCÈSE DE TOULOUSE

INTITULÉ

DIEU ET LES MALHEURS DE LA FRANCE

2 MARS 1871

RÉPONSE

AU

LIVRE DU R. P. CAUSSETTE

VICAIRE-GÉNÉRAL DU DIOCÈSE DE TOULOUSE

INTITULÉ

DIEU ET LES MALHEURS DE LA FRANCE

2 MARS 1871

TOULOUSE

IMPRIMERIE ADMINISTRATIVE ET COMMERCIALE LOUIS LUPIAC

45, RUE DES BALANCES, 45

—

1872

RÉPONSE

AU

LIVRE DU R. P. CAUSSETTE

VICAIRE-GÉNÉRAL DU DIOCÈSE DE TOULOUSE

INTITULÉ

DIEU ET LES MALHEURS DE LA FRANCE

2 MARS 1871.

MONSIEUR LE VICAIRE-GÉNÉRAL,

Je n'ai pu m'empêcher d'éprouver un sentiment doulou
reux à la lecture de certains passages de votre brochure qu
a pour titre : *Dieu et les malheurs de la France.* D'autres
plumes plus autorisées que la mienne vous répondront *in
extenso*, je n'en doute pas, mais en présence de quelques
assertions de votre livre, je sens le besoin de vous dire en
peu de mots toute ma pensée.

Je vous laisse toutes les parades de l'érudition, je ne vous
suivrai pas dans vos discussions à perte d'haleine, dans

vos appréciations quelles quelles soient sur les temps, les mœurs des nations ; je dirai seulement qu'il me semble bien imprudent de prétendre, dans les poignantes circonstances où nous nous trouvons, et vis-à-vis d'un monstre couronné, gorgé de sang humain, que les prévarications de la France sont les causes exclusives de ses revers ; que les calamités qui l'accablent sont uniquement dues à la perte de sa foi, de sa religion, de sa morale ; que son apostasie a attiré sur elle toutes les vengeances de Guillaume le Sanguinaire et de ses hordes sauvages ; quand on pourrait affirmer d'un autre côté que, dans l'ordre providentiel, c'est aussi le plus souvent le moins coupable qui est ici-bas persécuté et qui se trouve en butte à toutes les haines des ennemis de Dieu.

Assurément, Dieu punit quand il lui plait les nations qui l'oublient. Nous sommes loin d'être sans reproche ; il serait désastreux de nous faire illusion sur nos fautes ; mais je le demande encore, est-ce opportun de publier que le Ciel nous frappe à cause de nos vices, de notre orgueil, de notre athéisme, de nos sacriléges, de notre sensualisme, de nos abus dans tous les genres, en présence d'un bourreau sur le trône qui fait dévaster notre pays, brûler vifs vieillards, femmes, enfants; bombarder la reine des cités, notre capitale agonisante et implorant la paix, exercer le vol et le pillage sous toutes les formes, réduire à la plus affreuse misère, par les réquisitions les plus odieuses et les plus exorbitantes, la fleur de nos départements, et déployer sur nos populations une tyrannie, une férocité qu'eussent désavoué les Attila, les Gengis-Kan, les Tamerlan, les Néron? Les Prussiens seraient presque d'après vous les favorisés de la Providence; ils reçoivent sans doute le prix de leurs vertus, puisqu'ils foulent notre sol en triomphateurs, qu'ils marchent de victoire en victoire et nous forgent des fers: il faut avouer que la manière de l'érudition égare souvent, mon R. P.

La France, selon vous, a mérité le reproche adressé par Ezéchiel au roi de Tyr : « Ton cœur s'est élevé et tu as dit je suis un Dieu. » Vous me paraissez dans l'erreur. N'est-ce pas plutôt Guillaume le fourbe et l'hypocrite qui a dit de lui-même : « Je suis l'ange exterminateur, l'envoyé du Ciel, chargé de porter le dernier coup aux races latines; je détruirai la France ? » Appréciez ce langage. Qui de nous l'a-t-il jamais tenu envers une nation quelconque, fut-elle notre plus cruelle ennemie ? La France n'est-elle pas assez malheureuse sans que vous veniez la maudire. vous prêtre , vous français, au nom du Ciel ?..... Vous ajoutez : « Nous n'avons que le culte de l'argent qui est le culte de la poussière...... »

Assurément, il est des gens qui employent leur temps à la recherche de cette poussière, ceux même qui semblent la frapper d'anathème ne la dédaignent pas trop: mais je le demande, n'est-ce pas jeter un injuste défi à la plus généreuse des nations que de lui reprocher l'adoration du veau d'or ? D'où émanent les plus grands sacrifices d'argent, d'où proviennent ces prodigieuses aumônes avec lesquelles on fonde tant d'établissements, tant d'institutions utiles; n'est-ce pas de la France ? Dans tous les temps, et notamment depuis l'Empire, la France a employé ses trésors, non-seulement pour ses enfants, mais encore pour les étrangers.... Tout ce qui souffre a droit à ses largesses, elle donne non seulement le surplus, mais elle fait part de son nécessaire, les exemples en sont trop nombreux, et vous prétendez que la passion de ses intérêts les plus matériels est l'une de ses plaies depuis un demi-siècle ! Dites plutôt que c'est depuis cette époque que la France a eu les plus gigantesques luttes à soutenir, et que jamais elle n'a été plus généreuse; l'histoire contemporaine est là pour le constater.

Que de sophismes dans votre brochure, mon R. P.! Je prends au hasard. Etes-vous bien sérieux, par exemple, quand vous dites : « Ce n'est que dans les campagnes que l'homme reçoit la pensée de Dieu, tandis qu'au sein de l'industrie, l'homme courbé sur son œuvre ne connaît plus cette même pensée..... Dieu demandait des vertus à la France. elle ne lui a offert que des capitaux..... »

La France, malgré ses prévarications, mon R. P., est encore meilleure que vous ne croyez. Il me semble que la pensée de Dieu se manifeste à l'homme dans tout ce qu'il entreprend selon ses vues, que ce soit dans les champs ou au milieu des cités; l'industrie moralise les peuples autant qu'elle les fait prospérer; c'est elle qui a ouvert mille chemins qu'on ne connaissait pas, il y a cent ans, tout en conservant à l'homme *la pensée de Dieu*. Ne désespérons pas d'une nation comme la France, elle a plus d'une fois montré qu'elle savait renaître; ne faisons pas trop son procès, il est encore dans son sein des âmes sublimes, des cœurs et des consciences que le ciel a formés et qui la préserveront de sa ruine. Ceux qui accusent trop leur âge ne le connaissent pas. Il ne faut pas tant maudire l'homme. Sans doute, il y a de tristes dégradations, il y a des âmes qui tombent, il y en a qui se vautrent dans la corruption, mais à mesure qu'il en disparaît une, il en surgit dix autres pleines de sève et toutes en fleurs pour purifier et rajeunir l'air vital que nous avons toujours à respirer. Sans cela l'homme mourrait, et il doit vivre.

Comment parlez-vous de notre armée? elle ne vous

tressera pas des couronnes, mon R. P., vous la conspuez indignement. Vous me paraissez avoir vécu dans un cercle trop étroit pour avoir jamais connu et apprécié le mérite réel, la haute valeur, l'esprit chevaleresque, le noble désintéressement de nos généraux.

Quel abus ne faites-vous pas de votre plume pour traiter nos chefs militaires, les héros de l'Alma, d'Inkermann, de Tractir, de Malakoff, de Magenta, de Solférino *de héros* du *Charivari?*

Le monde entier est rempli des prodiges de valeur qu'ils ont accompli dans plus de cent batailles, et notamment dans la dernière guerre, la plus désastreuse de toutes. Leurs ennemis eux-mêmes en ont été saisis d'admiration; toutes les feuilles l'attestent. On dirait que les gloires de la France vous font peur.

Après avoir avancé que cette grande nation, la fille aînée de l'Église, est sans Dieu; que la France des St-Louis, des Charlemagne, des Henri IV, des Napoléon, des St Vincent-de-Paul, des Bossuet, des Fénelon, des Belzunce est le *caravansérail* de toutes les turpitudes humaines, le *déversoir* du sensualisme cosmopolite, le *pandæmonium* de toutes les impuretés; que Paris est la *capitale de la débauche,* que nos héroïques défenseurs n'avaient d'autre instruction que celle qu'ils avaient puisée dans nos *Hérodotes de boulevard,* malgré certains palliatifs qui gazent la blessure, vous arrivez à ce qu'il vous plaît d'appeler le *scepticisme politique,* pour avoir à parler de Napoléon III.

Nous vous avons vu venir, mon R. P.; chacun sait que les Napoléon, l'oncle autant que le neveu, n'ont jamais été auprès de vous en odeur de sainteté. Comme tant d'autres, malgré votre répulsion pour la *courtisanerie,* vous eussiez probablement caressé ces deux idoles : comme tant d'autres vous leur auriez prodigué votre encens, mais votre *heureuse* venue au monde a eu lieu trop tard pour le premier, et quant au second, il paraît que le vent n'a pas donné.....

Napoléon Ier a mérité votre plus profond mépris et toutes vos attaques dans votre vie de Mgr d'Astros, et vous avez pensé ne pouvoir mieux témoigner votre gratitude à ce prélat que vous élevez jusqu'aux nues qu'en dénigrant le grand homme, et en jetant l'insulte et l'anathème sur sa tombe glorieuse.....

Quand on prétend écrire *sous la dictée de la justice de Dieu,* mon R. P., on devrait être, ce me semble, plus réservé, plus consciencieux. Vous avez singulièrement dénaturé votre devise ! Vous donnez le droit de vous demander ce que vous entendez par cette justice divine que vous mettez tant en avant. Croyez-moi, les plumes légères, toutes les baves du fanatisme, toutes les haines de parti ne pourront jamais rien contre un homme qui a rempli le monde de son nom, que Dieu ne nous montre que de loin en loin, qui, dès les premiers pas de sa carrière, comme l'a dit un éminent pontife, allait se placer au-dessus d'Alexandre, de César, de Charlemagne, dont il a refait l'empire. Napoléon est la première, la plus étonnante destinée de l'histoire. C'est l'homme de la renommée, celui des prodiges, le héros des siècles ! Qui peut ignorer par quel effort de génie Napoléon monta tout à coup au faîte des grandeurs humaines ? Qui racontera ses victoires si rapides, si savemment combinées, qui décidèrent du sort des États, et firent l'admiration de l'univers ? Comment s'est-il servi de ses victoires et de l'immense ascendant qu'elles lui donnaient sur les peuples ? n'est-ce pas pour le bien de la Religion et de l'Église ? Qui

peut ignorer, à moins d'être aveuglé par la prévention, que
c'est le grand homme qui, avec ce coup-d'œil d'aigle qui
allait au fond de tout, avec son âme trop élevée pour n'être
pas naturellement chrétienne, il sut comprendre combien la
gloire est peu de chose quand elle est réduite à elle-même,
combien elle est durable quand elle entre dans la mémoire
des hommes, quand elle associe son immortalité à celle de
la religion par un bienfait ? N'est-ce pas à nous de nous
souvenir que dans cette première campagne d'Italie, qui à
tous les points de vue le place si haut dans l'estime de ses
ennemis eux-mêmes, quand il venait d'entrer triomphant
dans Milan, Mantoue, Vérone, etc.; lorsqu'à peine âgé de
vingt-sept ans, il fatiguait, selon l'expression du poète, la
victoire à le suivre ; quand il avait en ses mains les clefs de
toutes les villes, il en respecta une : il laissa Rome à Dieu,
et malgré les ordres rigoureux du Directoire, il respecta son
vicaire ? Devons-nous oublier surtout que lorsque le peuple
qui se sentait vivre et glorifier en lui, l'eut fait asseoir sur
le premier trône du monde, il ne se laissa pas éblouir, il
voulut que la Religion grandît avec sa fortune; après avoir
mis la France en paix avec l'Europe par sa redoutable épée,
après l'avoir mise en paix avec elle-même par ses sages lois,
il voulut la mettre solennellement en paix avec Dieu : il
releva les autels, et, malgré l'impiété frémissante, il signa
cet immortel concordat qui rendit à nos aïeux ce qu'ils
avaient toujours aimé, qui rendit à la France qui l'avait
porté pendant dix-huit siècles, le plus beau de ses titres :
celui de fille aînée de l'Eglise !..... Vous savez bien, mon R. P.,
de quelle manière s'exprimait le pape Pie VII, de sainte
mémoire, en écrivant au cardinal Consalvi : « Nous ne devons
pas ignorer qu'après Dieu, c'est à Napoléon, c'est à ce grand

homme que nous devons le rétablissement de la Religion dans le beau royaume de France. » Allez donc parler à Dieu de votre reconnaissance, mon R. P., et n'insultez pas le Ciel par votre ingratitude envers l'une de ses créatures les plus privilégiées.

C'est parce qu'il ne l'avait point oublié que, lorsque l'heure des épreuves fut venue, quant il plut à Dieu d'achever, par la consécration et la majesté du malheur, une aussi grande gloire, ce pieux Pontife, qui avait toujours gardé pour lui la plus tendre affection, s'empressa de lui envoyer un prêtre qu'il avait réclamé.

Sans doute, il ne voulait pas que le prestige d'un si grand exemple, d'un si solennel hommage, pût manquer à la religion ; il ne voulut pas surtout que la religion pût manquer, à sa dernière heure, à celui qui avait tant fait pour elle.

Mais Napoléon a fait des fautes, s'écrient les détracteurs de sa gloire. Puérilité ! Dieu, qui veut être seul grand, seul parfait, a mis des tâches jusque dans son soleil, et il a permis qu'il y en eût dans les plus sublimes existences, afin que nous paraissions tous hommes par quelque endroit. Alexandre, César, Constantin, Charlemagne ont fait des fautes, et ils n'en sont pas moins demeurés les plus grands hommes de l'histoire, et le respect de leur mémoire n'est pas moins resté dans la postérité. Napoléon Ier n'en gardera pas moins sa place auprès d'eux, au-dessus d'eux : sa mémoire n'en sera pas moins respectée par les siècles.

Vous avez pensé troubler une grande âme dans votre apologie de Mgr d'Astros, mon R. P., vous n'avez point réussi. L'animosité perce dans vos paroles. Personne ne vous croira quand vous traitez le grand homme de *persécuteur ;* quand vous prétendez *qu'il a souillé ses lauriers,* qu'il s'était fait *le géôlier du souverain Pontife*, qu'il n'avait ni *génie*, ni *courage*, ni *dignité*,. Vous ne le croyez pas vous-même, pourquoi donc le publiez-vous ?

De tous les magnifiques conquérants dont s'honore l'histoire, lequel a autant secondé que Napoléon, par ses armes victorieuses, les grands enseignements, les initiations pratiques et toutes les communications civilisatrices que la guerre fondée sur la justice et le droit établit entre les peuples ? Si Alexandre porte avec lui le siècle de Périclès et César celui d'Auguste ; s'ils sont accompagnés l'un et l'autre dans leurs triomphes par le génie d'Homère et de Sophocle, de Platon et d'Aristote, de Cicéron, de Virgile et d'Horace, Napoléon porte avec lui trois siècles que les arts, les sciences, la philosophie, la religion ont également illustrés, et son entourage n'est pas moins brillant que celui de ses devanciers.

Il traverse l'Europe avec Bossuet et Montesquieu, Montaigne et Descartes, Corneille et Racine ; son quartier général forme une véritable université ambulante où préside l'esprit du XVIII siècle, et qui visite les nations arriérées du septentrion et du midi pour les soumettre à l'influence des mœurs et des doctrines de la nation que le monde policé reconnaît pour sa reine.

Voilà l'homme dans lequel des fanatiques, des esprit faux, quelques tartuffes de bas étage, ne savaient et ne voulaient voir qu'un despote odieux et un conquérant insatiable ; tandis que l'artisan, le laboureur et le soldat dont l'instinct était plus sûr que le rationalisme de ces vains et impuissants critiques, voyaient et voient encore en lui *l'homme-peuple*, l'envoyé ou le protégé de Dieu, le produit le plus glorieux de l'émancipation politique du mérite et du génie, la personnification de l'esprit d'égalité qui régnait dans l'administration et dans les camps, et qui travaille aujourd'hui plus que jamais la société européenne toute entière.

« Après tout, dit Napoléon, dans un des monuments les plus impérissables de son génie : *le Mémorial de Sainte-Hé-lène,* après tout, les calomniateurs auront beau retrancher, supprimer, mutiler, il leur sera bien difficile de retrancher tout à fait. Un historien français sera bien obligé d'aborder l'Empire, et s'il a du cœur, il faudra bien qu'il fasse ma part, qu'il me restitue quelque chose, et sa tâche sera aisée, car les faits parlent et brillent comme le soleil. J'ai refermé le gouf-fre anarchique et débrouillé le cahos, j'ai dessouillé la révo-lution, ennobli les peuples, raffermi les rois; j'ai excité toutes les émulations, récompensé tous les mérites, et reculé les limites de la gloire. Tout cela est bien quelque chose. »

Sur quoi peut-on attaquer Napoléon qu'un historien ne puisse le défendre? Serait-ce ses intentions? Mais il est en fonds pour l'absoudre. Son despotisme? Mais il démontrera que la dictature était de toute nécessité. Dira-t-on qu'il a gêné la liberté? Mais il prouvera que la licence, l'anarchie, les grands désordres étaient encore au seuil de la porte. L'accu-sera-t-on d'avoir trop aimé la guerre? Mais il démontrera qu'il a toujours été attaqué. Enfin sera-ce son ambition? Ah! sans doute, on lui en trouvera et beaucoup, mais de la plus grande et de la plus haute qui fut peut-être jamais, celle d'établir, de consacrer l'empire de la raison, de la justice, et le plein exercice, l'entière jouissance de toutes les facultés hu-maines. Et ici l'historien peut-être se trouvera réduit à devoir regretter qu'une telle ambition n'ait pas été accomplie, satis-faite.....

Napoléon est plutôt un homme de Plutarque qu'un héros moderne : voyez, mon R. P., si dans l'espace de bien des

siècles l'histoire présente un héros à qui Napoléon puisse être
comparé. « Napoléon fut le plus grand des hommes, a dit
Thiers, dans son admirable *Histoire du Consulat et de
l'Empire.* „

La plus haute intelligence du parti légitimiste, Château-
briand, a dit, dans ses *Mémoires d'outre-tombe,* qu'il a écrit
face à face avec la mort : « Bonaparte est grand pour avoir
créé un gouvernement régulier et puissant, un code de lois
adopté dans tous les pays civilisés, des cours de justice, des
écoles, une administration forte, active, intelligente, et sur
laquelle nous vivons encore ; il est grand pour avoir ressuscité,
éclairé et géré supérieurement l'Italie ; il est grand pour avoir
fait renaître en France l'ordre du sein du cahos, pour avoir
relevé les autels, pour avoir réduit de furieux démagogues,
d'orgueilleux savants, des littérateurs anarchiques, des athées
voltairiens, des orateurs de carrefour, des égorgeurs de pri-
sons et de rues, des claque-dents de tribune, de clubs et
d'échafauds ; il est grand pour avoir enchaîné l'anarchie..... il
est grand surtout pour être né de lui seul, pour avoir su, sans
autre autorité que celle de son génie, pour avoir su, lui, se
faire obéir par 36 millions de sujets, à une époque où aucune
illusion n'environna les trônes ; il est grand pour avoir battu
tous les rois, ses opposants..... pour avoir rempli dix années
de tels prodiges, qu'on a peine aujourd'hui à les comprendre. »

« Les personnes même qui, par esprit de parti, détestèrent
ce grand homme, disait un pair de la Grande-Bretagne, ont
reconnu que depuis dix siècles il n'avait point paru sur la
terre un caractère plus extraordinaire. L'Europe entière a
porté le deuil du héros, et ceux qui ont contribué à sa mort
prématurée, à ce grand forfait, sont voués au mépris des

générations présentes, aussi bien qu'à ceux de la postérité. »

Vous avez insulté l'oncle, mon R P., vous deviez aussi insulter le neveu, Napoléon III ; et pour mieux cela faire, pour être plus à l'aise, vous deviez attendre sa chute douloureuse : les hommes de cœur agissent ainsi.

Sedan! Sedan! nom funeste et terrible qui résonne dans tous les cœurs! Prétexte menteur et habilement exploité par des hommes qui n'ont pas craint, le 4 Septembre, de jeter la France en pâture à l'ennemi et de soulever les discordes civiles, alors que l'honneur et le patriotisme commandaient de s'unir pour faire face à l'ennemi commun....

« Napoléon III, dites-vous, mon R. P., avait un arriéré considérable à solder entre les mains de cette Providence qui ajourne, sans les relaxer, les princes coupables.... »

Que vous êtes charitable, mon R. P. : quel langage pour un prêtre, pour un missionnaire ! Et quels sont les crimes de Napoléon III ? « Il avait un caractère doux, mais dans lequel la nuance grecque et italienne venait déparer la haute tenue du souverain français.... » Plût au Ciel, mon R. P., que vous fussiez doué de cette double nuance; peut-être auriez-vous un meilleur cœur et un jugement plus solide.

« Le défaut d'orientation doctrinale a fait de lui cet être problématique composé de sphinx et de caméléon.... ajoutez à de certaines tendances la tentation de scepticisme inhérente à l'exercice du pouvoir, les désenchantements d'une âme en qui le mépris pour les hommes, l'insensibilité dépravante contractée au contact des oppositions irréconciliables et des approbations à outrance.... » Voulez-vous être assez aimable, mon R. P., et vous l'êtes tant! pour me dire ce que signifie ce langage ? N'avez-vous pas éprouvé

quelque grande distraction quand vous rendiez ainsi votre
pensée? Quel style! quelles expressions! quel naturel!
Comme vous savez employer l'antithèse! Quel amour pour
le nuageux! Allez toujours, mon R. P. « Le divorce
entre la France et Jésus-Christ s'est accompli graduel-
lement, il commença au Concordat.... Nous veillions à la
porte du chef de l'Eglise quand on le dépouillait, nous
étions les complices de ses spoliateurs, nous avons partagé
les bénéfices de la spoliation.... Napoléon III et son oncle
sont tombés avec des caractères de réprobation. On sent à
leur infortune qu'elle est l'effet d'un anathème. Il y a dans
leur culpabilité le poids du sacrilége.... Ce qui a égaré Napoléon III, c'est une absence de moralité politique.... Son crime
fut l'habileté sans droiture: il a eu en politique des affections
désordonnées pour le chemin de traverse.... Que le nouveau
gouvernement n'étale pas sous nos yeux les hontes de la
pourpre impériale pour nous distraire des siennes. »

Je ne citerai pas davantage, mon R. P.; permettez-
moi de vous dire que le rouge me monte au front pour vous.
Mon Dieu, quel fiel! quel cynisme! Vous me faites l'effet
d'un écrivain de parade et de commande. Vous donnez à
votre livre le seul caractère qui lui convient; il n'est d'un bout
à l'autre qu'un sophisme d'orgueil, d'amour-propre froissé,
d'intérêt, de passion. C'est un libelle diffamatoire, et je
m'aperçois que vous vous y connaissez. Je vous en prie, mon
R. P., ne vous mêlez pas d'écrire. Pour vous réfuter, on
n'a qu'à ouvrir l'histoire contemporaine : elle vous accable.

Et d'abord, pouvez-vous nier que l'homme qui est l'objet
de vos attaques ait donné à la France vingt ans de prospérité réelle? Par les liens de la confiance et de l'amour, ce
même homme a fait de toutes les parties de l'Empire un

corps admirable dont il a été l'âme. Il a encouragé la population, l'industrie et le travail; il a fait fleurir l'agriculture et le commerce, il a excité, aiguillonné les arts, rendu les talents actifs et les vertus fécondes. Aux yeux du peuple, aux yeux du sage, aux yeux de l'envie elle-même, il s'est toujours montré tel qu'il était. Le respect l'a toujours devancé, la vénération l'a environné, sa vertu l'a couvert tout entier : elle a été son cortége et sa pompe. « Le doigt de Dieu vous conduit, son regard est sur vous, sire, lui a dit un jour l'éminent archevêque de Reims. » L'épiscopat français l'a proclamé l'envoyé de la Providence, le sauveur du pays, l'arbitre des rois. Tous ceux qui ont connu de près Napoléon III ont jugé qu'il avait de l'étendue dans l'esprit, de la force avec une grande modération dans le caractère. On a toujours vu dans ses projets ce plan de justice et de sagesse qui annonce une âme élevée et un génie lumineux. On a constamment reconnu en lui de la décence et de la dignité. Il s'est toujours distingué par l'accord parfait de ses actions, de son langage, de sa conduite. Tout le prouve, tout le constate.

Qui plus que lui paya-t-il jamais de sa personne? Souvenez-vous des inondations de Lyon, où cent fois il a failli périr sous les eaux débordées du Rhône. Qui racontera ses bienfaits dans une aussi désastreuse conjoncture, aux populations que le fléau avait réduites à la misère? — Qui mieux que lui a conservé des mœurs simples dans un rang élevé? Nous l'avons vu cent fois converser avec l'ouvrier, l'interroger sur sa manière de vivre, ses ressources, sa famille, ses besoins, et se livrer avec lui dans le tête-à-tête à tous les épanchements de son noble cœur. De sa main libérale ont ruisselé des trésors dans le sein des classes déshéritées.

Vous avez vite oublié, mon R. P., les grandes choses opérées par Napoléon III en faveur de la Religion, les lois ouvrant des crédits extraordinaires pour les dépenses concernant les édifices diocésains, pour l'augmentation des traitements et des indemnités en faveur des membres du clergé, des archevêques, des évêques, des vicaires-généraux, et notamment cette admirable loi par laquelle cinq millions sont affectés à la création d'une caisse de retraite en faveur des ecclésiastiques âgés et infirmes!

Vous avez encore vite oublié que l'un des premiers actes de Napoléon III a été de faire marcher une armée française vers la capitale du monde chrétien, d'où le Père commun des fidèles avait été expulsé par une révolution triomphante. Le 1er juillet 1849, après une brillante série de faits d'armes, où elle avait montré autant de courage que de modération, notre armée s'emparait de Rome aux applaudissements de l'Europe entière, et le 12 avril de l'année suivante, Pie IX rentrait dans sa capitale.

Il vous sied bien, mon R. P., de frapper d'anathème Napoléon III! Accusez, blâmez tant qu'il vous plaira, l'histoire impartiale constatera toujours qu'après avoir sauvé la France de la ruine et de l'anarchie où il la trouva plongée, Napoléon III sût, par la sagesse et l'habileté de ses actes, lui rendre en peu d'années sa prospérité, sa gloire et sa première place parmi les Etats de l'Europe. Il eut pu sans crainte demander pour sa couronne et pour sa dynastie le sacre de l'Eglise et les bénédictions du ciel; il se fut présenté devant l'autel, déjà béni de tout un peuple, déjà sacré par l'opinion et la reconnaissance publiques.

« Tous les citoyens de ce département, disait en 1850 le préfet d'Eure-et-Loir au Prince-Président, artisans, labou-

reurs, soldats, fonctionnaires qui vous ont donné plus de
cent mille suffrages, viennent saluer aujourd'hui dans l'élu
du 10 décembre le premier magistrat de la République qui
a compris leurs vœux et justifié leur confiance. La France,
égarée dans la poursuite d'une liberté sans limite et sans
frein, avait rencontré l'anarchie; le peuple a prononcé votre
nom comme un gage de salut, et voilà que ce nom proclamé
par huit millions de suffrages a rendu subitement à la
France toutes les conditions d'un gouvernement fort et
régulier. Vous n'avez été ainsi, Monsieur le Président, l'élu
d'aucun parti, vous avez été celui de tout le monde. C'est
une gloire de plus pour le nom que vous portez; c'est en
même temps pour votre gouvernement une force qui aurait
manqué à tout autre dans les épreuves que nous avons à
traverser.

" Vous avez usé de cette force dans un intérêt général,
c'est une justice que la postérité vous rendra. „

Une députation du département de l'Eure ajoutait:

" Nous venons déposer à vos pieds l'hommage de nos
ardentes sympathies et de notre profonde reconnaissance. Le
grand homme dont vous portez le nom et dont la France
chérit la mémoire a sauvé la France de l'anarchie révolution-
naire; la Providence vous réservait la même gloire. Désor-
mais nos cœurs vous confondront l'un et l'autre dans les
mêmes bénédictions et dans le même amour. Oui, vous
remplissez toutes les espérances que nous avons mises en
vous; votre victoire, la victoire de la France sur les ennemis
de l'ordre, va faire luire des jours meilleurs sur notre patrie
bien-aimée, et la paix sociale ramènera bientôt, avec la
confiance, le travail dans nos ateliers et l'aisance dans nos
familles. Grâces vous soient donc à jamais rendues ! „

Je passe par centaines, et des plus belles, les manifestations de la France en faveur de l'élu du 10 Décembre.

L'expédition française à Rome donnait lieu à la lettre suivante, adressée par le Président au lieutenant-colonel Edgar Ney, son officier d'ordonnance :

« La République française n'a pas envoyé une armée à Rome pour y étouffer la liberté, mais au contraire pour la régler, en la préservant contre ses propres excès, et pour lui donner une base solide en remettant sur le trône pontifical le prince qui le premier s'était placé hardiment à la tête de toutes les réformes utiles. J'apprends avec peine que les intentions bienveillantes du Saint-Père restent stériles en présence de passions et d'influences hostiles. On voudrait donner comme base à la rentrée du Pape la proscription et la tyrannie. Dites de ma part au général Rostolan qu'il ne doit pas permettre qu'à l'ombre du drapeau tricolore on commette aucun acte qui puisse dénaturer le caractère de notre intervention.... »

Est-ce là l'homme, mon R. P., tel qu'il a été dénigré par vous dans votre pamphlet ? Le reconnaissez-vous ? Voyez si vous vous trouvez d'accord avec l'opinion de la France dans vos appréciations sur Napoléon III ! Et vous prétendez écrire *sous la dictée de la justice même de Dieu!* Est-ce là l'homme qui a *souillé la pourpre impériale?* qui a *partagé les dépouilles de la papauté? le caméléon politique? l'homme sans droiture ? le sceptique, frappé par l'anathème, qui avait un arriéré considérable à solder entre les mains de la Providence ?*

Allons donc! mon R. P.; il y a de ces calomnies qu'on ne refute pas.

Lisez plutôt l'admirable discours de Bordeaux, où se reflète toute entière la grande âme de celui que vous outragez; où la noblesse des sentiments le dispute à la grandeur des vues, à l'élévation des pensées; où l'on voit à nu tout ce que son cœur nourrit de dévoûment absolu pour le bonheur de la France, et dites-vous ensuite à vous-même si vous n'avez pas à répondre devant Dieu d'avoir calomnié l'homme qui a des droits imprescriptibles à notre reconnaissance et à notre amour !...

Je n'entrerai pas dans plus de détails; je ne m'étais pro-posé que quelques courtes observations, mais il faudrait écrire tout un volume pour énumérer des faits aussi clairs que le soleil qui démontrent que celui que votre plume qua-lifie de *sphinx*, d'être *problématique*, d'*homme sans moralité politique*, a sauvé réellement la France, pacifié le monde, soutenu et protégé la Religion et son chef vénéré, qu'il a été l'arbitre de l'Europe, le médiateur entre les rois et les peuples.

Vous n'articulez pas une parole, mon R. P., au sujet de l'ange céleste, le modèle des reines et des femmes, sur celle qui, par son grand cœur, a mérité le titre de *première sœur de charité de France*, je veux parler de l'Impératrice.

Vous ne dites pas un mot de cette femme dont les fonda-tions abondent dans la capitale, qui a été une héroïne dans les ambulances cholériques d'Amiens, qui a donné ses dia-mants de mariage pour fonder un orphelinat, et dont le cou-rage dans l'infortune fait l'admiration de tous les cœurs généreux. Vous n'en parlez pas.... et *vous écrivez sous la dictée même de la justice de Dieu!* Comment se fier à vos protestations, quel cas faut-il en faire? Au fait, il vaut mieux que vous n'ayez rien dit de l'impératrice Eugénie; qui sait comment votre charitable plume l'aurait traitée !

Sans un jugement solide, mon R. P., un esprit droit, une intelligence élevée, beaucoup de discernement, il est inutile d'aspirer au rang d'écrivain. Méfiez-vous de votre imagination : c'est une Circé, et l'esprit de parti vous aveugle.

Comment répondre à toutes vos attaques au sujet de nos études, qui, selon vous, sont frivoles ; au sujet de notre civilisation, qui, selon vous, est *dégradante, factice et pernicieuse.* Quel dommage ! et combien il est à regretter que vous n'ayez point présidé à la confection des lois sur l'instruction publique, qu'on ne vous ait pas consulté sur les moyens civilisateurs de notre société contemporaine, qu'on n'ait pas pris votre sentiment sur toutes les réformes à opérer au sein de notre gouvernement ! Que d'admirables choses fussent tombées de vos lèvres et de votre plume, car *n'écrivez-vous pas sous la dictée même de la justice de Dieu?*

Laissez-moi vous dire pourtant, mon R. P., que l'influence que nos études, notre civilisation et nos lois exercent partout semble démentir votre manière de voir. En politique, nous voyons notre civilisation entraînant sans cesse le monde à sa suite. Qu'en 1789 elle rompe avec un passé féodal et se donne de nouvelles lois ; qu'en 1815 elle rétrograde ; qu'en 1830 elle entre dans les voies les plus libérales d'un gouvernement constitutionnel ; qu'en 1848 elle se lève pour un inconnu social, dont le dernier mot est l'affaire de sa sagesse ; qu'en 1852 elle acclame un nouvel état de choses qui lui a valu la plus grande prospérité qui fut jamais, l'Europe et le monde la suivent, soit en acceptant nos nouveaux principes et nos lois, soit en donnant aux institutions politiques une forme où la liberté se combine dans une sage mesure avec l'autorité. Le monde entier a adopté le Code Napoléon. L'impulsion des grandes réformes a toujours été donnée par la France.

Les questions les plus difficiles elles-mêmes, et dont la solution semblait ne devoir dépendre que des armes, se dénouaient dans les cabinets par la diplomatie ; la France en a fourni les premiers exemples.

Bien que selon vous, mon R. P., notre littérature n'engendre que la *corruption*, c'est encore en elle, c'est-à-dire dans la sphère purement intellectuelle, que l'action de notre pays sur le monde est aussi plus décisive. Notre langue est devenue la langue de l'univers, et, à l'exclusion de toute autre, elle est de plus en plus employée dans le libellé des conventions internationales. C'est la langue de la véritable éloquence. Nos livres vont partout, et un grand nombre ont obtenu l'honneur de devenir classiques à l'Étranger.

Tous les pays de la terre envient nos corps savants, et notre Académie française a toujours fait l'admiration des siècles.

Notre industrie, nos arts, nos travaux donnent des produits qui effacent, par le nombre et la supériorité, tous ceux de l'Étranger, et chacun est heureux de constater que dans ses spéculations la France a sans cesse présents à son esprit le beau, le vrai, l'utile.

" Le Français *est léger*, dites-vous ; *il est volage, irréligieux....* „

Vous oubliez que, sous l'épiderme du Latin, on trouve chez les Français le Celte, le Celte qui, le premier de tous les peuples, ainsi que l'observe un éminent critique, a émis les plus sublimes croyances sur Dieu et l'immortalité de l'âme ; le Celte vaillant et guerrier, luttant avec gloire contre le peuple le plus aguerri de l'univers, les Romains.

Vous opposez la gravité allemande à la légèreté française, sans songer que l'Allemand est vindicatif et cruel, froid et

insensible, escroc et voleur, fourbe et dissimulé, rêvant
guerre et rapine; tandis que le Français est généreux et
plein d'âme, gracieux et enthousiaste, chevaleresque et sans
fiel, grand dans la victoire, pleurant sur les vaincus, affamé
de religion, plein de foi, n'oubliant jamais son Dieu.

Selon vous, mon R. P., le peuple allemand est un peuple
modèle, un peuple d'anges, le premier d'entre les peuples.

Le premier peuple de l'Europe moderne, daignez m'écouter,
est celui qui est le plus humain et le plus sociable; celui qui
ne hait aucune nation, qui est fier sans orgueil, brave sans
ostentation, exact observateur des traités, généreux dans la
bonne fortune et courageux dans la mauvaise; c'est celui
dont en général les productions littéraires et philosophiques
satisfont le plus le goût et la raison ; c'est celui qui peut se
glorifier d'un Sully, d'un Turgot dans le ministère, d'un
Barnave, d'un Vergniaud, d'un Maury, d'un Mirabeau à la
tribune nationale; d'un Luxembourg, d'un Condé, d'un
Turenne, d'un Massena, d'un Ney, d'un Napoléon à la tête
des armées; c'est celui qui a vaincu plusieurs fois l'Europe
conjurée contre lui; c'est celui qui a marché sous la République et sous l'Empire au milieu des miracles de l'héroïsme
militaire; c'est celui que l'on n'a pu vaincre sur les champs
de bataille qu'en l'accablant de l'Europe entière, à une
époque où il était épuisé de trente ans de victoire; c'est celui
qui a donné à la religion les plus grands saints et le plus de
martyrs; c'est celui enfin qui, vingt siècles après son passage
sur la terre, sera encore jeune de gloire et d'immortalité!

Je ne dirai rien au sujet de vos considérations à perte de
vue sur la philosophie allemande, où vous faites assaut d'érudition bien inutilement ; mais quand vous parlez *des mœurs
pures* et *du parfum du moyen-âge* qu'on retrouve chez les

Allemands, j'avoue qu'il me prend une grande envie de rire.
Je voudrais bien qu'un *pareil parfum* ne caressât jamais
votre odorat. Nous seuls, selon vous, avons *des orgies de
barrière*; seuls nous sommes *les corrupteurs de l'univers dans
tous les domaines de la science*....

La cosmogonie, la géologie, l'astronomie, la biologie, la
paléontologie, l'anthropologie, (voilà de grands mots!), nous
avons tout corrompu. Comment avons-nous donc fait, mon
R. P., pour corrompre toutes ces sciences? C'est votre
secret. Enfin, c'est possible. Mais sommes-nous les seuls
coupables, en somme, et les plus grands prévaricateurs?
Les défaillances humaines ne sont-elles pas nées avec le
monde? Les Prussiens qui ravagent nos cités et les incen-
dient en sont-ils exempts?

Et en présence de la cruauté de leurs procédés et de leur
barbarie, quand la France agonise sous leurs coups, quand
ils nous exterminent par le fer et la flamme, quand ils nous
égorgent après nous avoir dépouillés, est-ce bien opportun
de se dire criminels vis-à-vis d'eux, pour les rendre plus auda-
cieux, plus féroces, et avoir l'air de justifier leurs sanglants
triomphes!

Il me semble bien, mon R. P., que vous avez manqué
de tact et de sagesse. Il est des faits que l'on peut bien
faire connaître du haut de la chaire de vérité, mais qu'il
n'est pas toujours prudent de publier dans un écrit. Humi-
lions-nous devant Dieu, qui sonde les cœurs, adorons sa
main lors même qu'elle nous frappe, mais ne faisons point
notre acte de contrition devant d'infâmes assassins, des bri-
gands déguisés en soldats, des incendiaires. Soyons dignes!
ayons du cœur! N'ayons pas la lâcheté d'ajouter, par des
incriminations, aux douleurs de nos frères, d'attaquer ce qui

tombe, respectant l'adversité d'où qu'elle vienne : le malheur est sacré!

La France a levé son front sanglant et tourné ses regards vers le ciel. Peu importe qu'un roi de proie, horreur du monde, exécration de l'histoire, ait ouvert son sein, et que le sang coule à flots! Peu importe que l'Allemagne, dans l'ivresse, ait repris l'exécution des hautes-œuvres de ces bourreaux du vieux monde qu'on qualifiait de rois d'Alaric, de Genséric, de Totila.....

Elle a voulu tuer la France, sans réfléchir que la France est immortelle, que la France est une lumière, et qu'on ne tue pas la lumière. Elle n'a pas songé que son orgie féroce cumule sur sa tête un siècle de représailles, qu'elle a creusé entre elle et nous un abîme de haines et de larmes. Le sang de nos braves a arrosé nos plaines, mais ce sang n'aura pas été répandu en vain : semblable à la trombe de l'Océan, il jaillira avec force et s'élèvera dans les cieux pour se mêler au sang des martyrs !

Dormez en paix dans ce qu'ils appellent votre tombe, ô Frères, moi je sais que c'est votre berceau. Vous nous pardonnerez, Seigneur; si nous avons paru secouer votre joug, nous ne vous avons jamais renié pour père. Nous avons ouvert les yeux, suscité en nos cœurs un sincère repentir; étendez votre main, la main qui nous a frappés, et elle nous relèvera, et l'oppresseur à son tour sentira le poids de votre justice, et nous serons encore le peuple de votre choix, le peuple que tous les autres, dans l'attente de l'avenir mystérieux, regarderont avec espérance !

L'abbé NAIMAN,

Neveu du général Bertholosi, qui a commandé
Milan sous le premier Empire.

www.ingramcontent.com/pod-product-compliance
Lightning Source LLC
Chambersburg PA
CBHW060855180626
46818CB00004B/1710